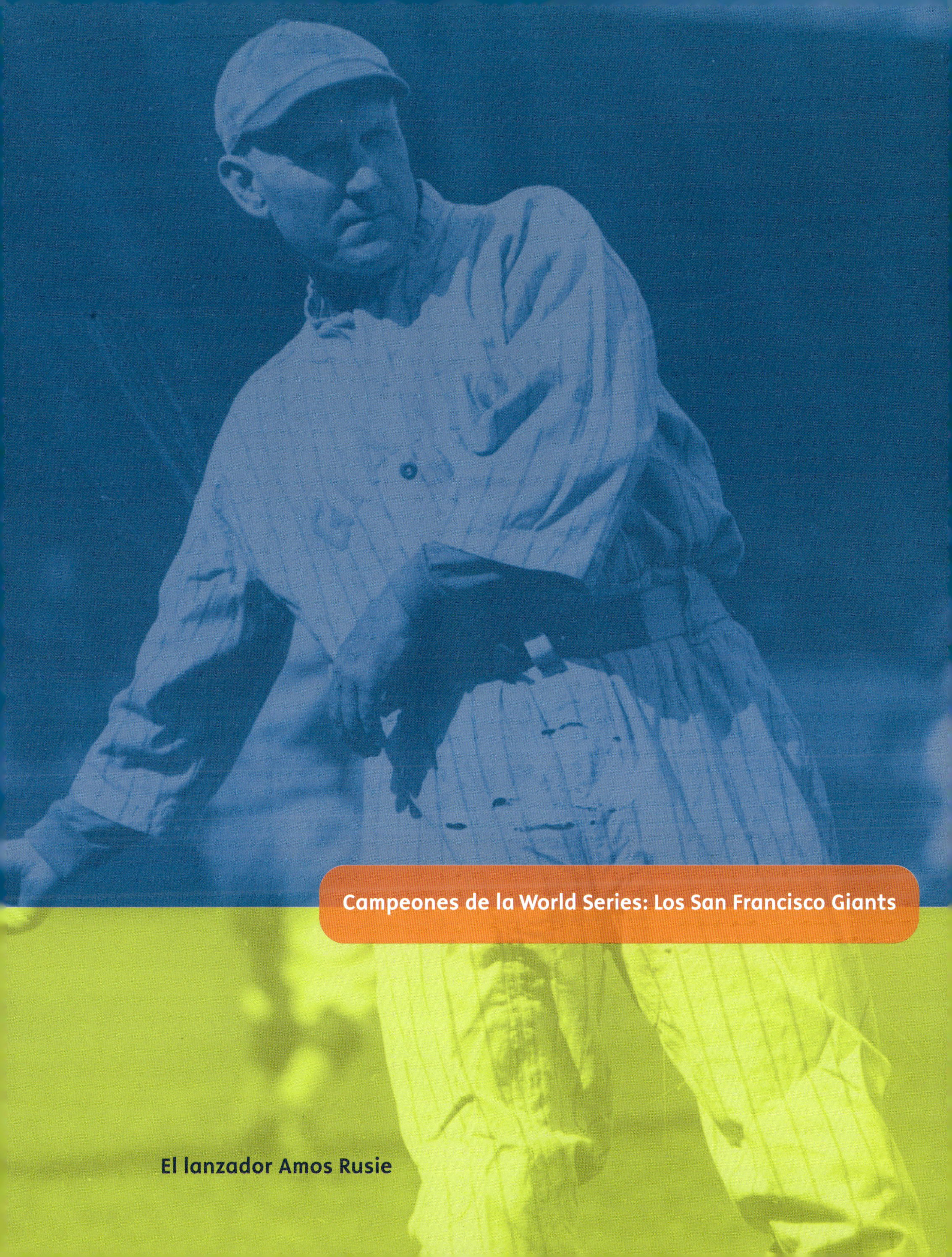

Campeones de la World Series: Los San Francisco Giants

El lanzador Amos Rusie

El jardinero Barry Bonds

CAMPEONES DE LA WORLD SERIES

LOS SAN FRANCISCO GIANTS

MEGAN COOLEY PETERSON

CREATIVE EDUCATION/CREATIVE PAPERBACKS

Publicado por Creative Education y Creative Paperbacks
P.O. Box 227, Mankato, Minnesota 56002
Creative Education y Creative Paperbacks son marcas editoriales de The Creative Company
www.thecreativecompany.us

Dirección de arte por Tom Morgan
Diseño y producción por Ciara Beitlich
Editado por Joe Tischler

Fotografías por AP Images (David J. Griffin/Icon Sportswire), Corbis (Library of Congress, Robert Riger, Don Smith), Getty (Focus on Sport, Thearon W. Henderson, Brad Mangin, Sacramento Bee, Jamie Squire, Sarah Stier, Transcendental Graphics), iStock (muddymari)

Library of Congress Cataloging-in-Publication Data
Names: Peterson, Megan Cooley, author.
Title: Los San Francisco Giants / [by Megan Cooley Peterson].
Description: [Mankato, Minnesota] : [Creative Education and Creative Paperbacks], [2024] | Series: Creative sports. Campeones de la World Series | Includes index. | Audience: Ages 7-10 years | Audience: Grades 2-3 | Summary: "Elementary-level text and engaging sports photos highlight the San Francisco Giants' MLB World Series wins and losses, plus sensational players associated with the professional baseball team such as Barry Bonds"-- Provided by publisher.
Identifiers: LCCN 2023015566 (print) | LCCN 2023015567 (ebook) | ISBN 9781640269552 (library binding) | ISBN 9781682775059 (paperback) | ISBN 9781640269798 (ebook)
Subjects: LCSH: San Francisco Giants (Baseball team)--History--Juvenile literature. | New York Giants (Baseball team)--History--Juvenile literature. | New York Gothams (Baseball team)--History--Juvenile literature. | Candlestick Park (San Francisco, Calif.)--History--Juvenile literature. | Polo Grounds (New York, N.Y.)--History--Juvenile literature. | World Series (Baseball)--History--Juvenile literature. | National League of Professional Baseball Clubs--Juvenile literature. | Major League Baseball (Organization)--History--Juvenile literature. | Baseball--California--San Francisco--History--Juvenile literature.
Classification: LCC GV875.S34 P5318 2024 (print) | LCC GV875.S34 (ebook) | DDC 796.357/640979461--dc23/eng/20230413

Impreso en China

Campeones de la World Series de 2014

El lanzador Tim Lincecum

CONTENIDO

El hogar de los Giants

San Francisco es una ciudad montañosa en el norte de California. Es conocida por el famoso puente Golden Gate. Esta ciudad también es el hogar del equipo de béisbol de los Giants. Los Giants han jugado en un **estadio** llamado Oracle Park desde 2000.

Los San Francisco Giants son un equipo de béisbol de Major League Baseball (MLB). Los Giants juegan en la División Oeste de la National League (NL). Sus **rivales** son los Los Angeles Dodgers. Todos los equipos intentan ganar la World Series para convertirse en campeones. ¡Los Giants la han ganado ocho veces!

El lanzador Christy Mathewson

Nombrando a los Giants

Los Giants comenzaron a jugar como los New York Gothams. En 1885, el equipo logró una enorme victoria. El manager Jim Mutrie estaba orgulloso de su equipo. Los llamó "¡Mis grandes compañeros! ¡Mis gigantes!" (giants). Un periodista deportivo comenzó a llamarlos los Giants. El nombre se quedó.

El segunda base Larry Doyle

Historia de los Giants

Los Giants jugaron en su primera World Series en 1905. Vencieron a los Philadelphia Athletics. Durante los siguientes 19 años, los Giants llegaron a ocho World Series. El lanzador Christy Mathewson ponchó a los bateadores. Larry Doyle impulsó carreras. Los Giants ganaron el **título** en 1921 y 1922. Vencieron a los New York Yankees en ambas ocasiones.

Los Giants agregaron dos títulos más de la World Series en New York. Luego, en 1958, el equipo se mudó a San Francisco. Los aficionados los adoraban. Los Giants llegaron a la World Series en 1962, 1989 y 2002. Pero perdieron todas las veces.

Los Giants ganaron su primer campeonato en San Francisco en 2010. Vencieron a los Texas Rangers. El bateo y el brazo fuertes del catcher Buster Posey ayudaron a su equipo a ganar. Dos años después, Posey y los Giants volvieron a ganar.

El catcher Buster Posey

El lanzador Madison Bumgarner

Los Giants vencieron a los Kansas City Royals en la World Series de 2014. Madison Bumgarner lanzó una **blanqueada** en el partido 5. ¡Fue el tercer campeonato para los Giants en cinco años!

Otras estrellas de los Giants

Muchos lanzadores estrella han llevado un uniforme de los Giants. Amos Rusie ganó 234 juegos para el equipo en la década de 1890. Tim Lincecum ganó dos Cy Young Awards. Los mejores lanzadores lo reciben.

En 1951, Willie Mays se unió a los Giants. Sus grandes bateos y asombrosas atrapadas en el jardín central lo hicieron una estrella. El jardinero Barry Bonds estableció un récord en las ligas mayores por jonrones en su **carrera**.

El jardinero Willie Mays

El campocorto
Brandon Crawford

Otros jugadores más nuevos tienen hambre de más victorias. El campocorto Brandon Crawford ha ganado cuatro Gold Gloves y un Silver Slugger. Los mejores defensores y bateadores ganan estos premios. El jardinero Joc Pederson bateó 23 jonrones en 2022. El lanzador Ross Stripling y el jardinero Mitch Haniger se unieron al equipo en 2023. Los aficionados esperan que estos jugadores de Juegos de Estrellas lleven otro campeonato a San Francisco.

Sobre los Giants

Comenzaron a jugar en: 1883

Liga/división: Liga Nacional, División Oeste

Colores del equipo: negro, naranja y blanco

Estadio local: Oracle Park

CAMPEONATOS DE LA WORLD SERIES:

1905, 4 juegos a 1, venciendo a los Philadelphia Athletics
1921, 5 juegos a 3, venciendo a los New York Yankees
1922, 4 juegos a 0, venciendo a los New York Yankees
1933, 4 juegos a 1, venciendo a los Washington Senators
1954, 4 juegos a 0, venciendo a los Cleveland Indians
2010, 4 juegos a 1, venciendo a los Texas Rangers
2012, 4 juegos a 0, venciendo a los Detroit Tigers
2014, 4 juegos a 3, venciendo a los Kansas City Royals

Sitio web de los San Francisco Giants:
www.mlb.com/giants

Glosario

blanqueada: un partido en el que un equipo no anota

carrera: todos los años que una persona pasa haciendo cierto trabajo

estadio: un edificio con niveles de asientos para los espectadores

rival: un equipo que juega muy duro contra otro equipo

título: otra forma de decir campeonato

El lanzador Ross Stripling

Índice